b   1579.

LE PRESENT

EST

GROS DE L'AVENIR.

PRIX : 30 CENTIMES.

PARIS,

Chez CORRÉARD, libraire, Palais-Royal, gal. de bois.

15 avril 1820.

LE PRÉSENT

EST

GROS DE L'AVENIR.

CHAPITRE Ier.

Lorsque tempérant le zèle de la *libérale* majorité, le ministère voulut bien se contenter de la censure pour les écrits périodiques seulement, ce n'était pas qu'il crût que les journaux dussent nécessairement, et par le seul fait de leur périodicité, renfermer des doctrines que d'autres écrits ne pussent professer de même ; non sans doute, et qui plus est, le ministère, comme le *Journal de Paris*, veut bien nous l'assurer, et, comme tout le monde en était persuadé depuis long-temps, le ministère, dis-je, n'a jamais eu le dessein d'étouffer la pensée : toute sa prétention s'est bornée à en empêcher la communication, ce qui, comme on le voit, se réduit à fort peu de chose ; et pour cela il a cru qu'il suffirait de confier la direction des journaux à l'*indépendance morale* de *douze jurés* de son choix, et à sa solde, jurés que les *gens grossiers ont nommé censeurs*. Le ministère s'était dit : on ne fait pas des volumes et des brochures comme on fait des journaux. Au milieu de ces ouvrages, qui chaque jour sortent d'une source nouvelle, les opinions ne savent où aller prendre ce qui leur convient. Des volumes et des brochures se vendent chers ; enfin, de tels écrits sont plus propres à développer des théories, qu'à suivre pas à pas le gouvernement dans sa marche ; nous permettrons donc de penser dans des volumes et des brochures, parce que ceux qui penseront ainsi, penseront à peu près tout seuls.

Ce que j'avance ici, M. Pasquier l'a suffisamment justifié, lorsqu'en refusant le *libéral* amendement de l'*honorable* M. Josse, il a dit que les brochures n'offraient pas le même danger que les journaux : et cependant M. Pasquier s'est trompé !....

Si la propriété de communiquer rapidement la pensée, que le ministère croyait être plus particulière à la forme d'un journal, est effectivement un danger, ce danger s'est reproduit sous une autre forme. Depuis que la censure est établie pour les journaux, les brochures se sont multipliées, elles se sont mises à la portée de tout le monde, et tout le monde a lu les brochures. Cet événement qui avait échappé à la haute prévoyance du ministère en général, à la pénétrante sagacité de M. Pasquier en particulier, a déterminé un retour vers ces lois que l'on avait traitées avec tant d'ingratitude : on s'est rappelé leur ancienne puissance ; on y a eu recours, et de toutes parts les brochures ont été saisies.

Il fut un temps heureux, qui n'est pas loin de nous encore, où les abus qui peuvent naître des lois ordinaires occupaient seuls toute la pensée des amis de la liberté ; mais nous n'en sommes plus là : ces lois forment aujourd'hui le beau côté de notre affaire.

Je ne dirai donc rien sur l'usage que le ministère vient d'en faire, mais à cette occasion je me livrerai à quelques réflexions. Je demanderai pourquoi l'usage de ces lois a été suspendu pendant si longtemps? Serait-ce que les ouvrages qui viennent d'être arrêtés sont plus *violens* que ne l'étaient les journaux? Serait-ce qu'on aurait à leur reprocher quelque chose de plus grave que de tendre à détruire *la morale, la religion, la monarchie et toute combinaison sociale?* Je ne le crois pas, et je pense seulement, que si le ministère remet en vigueur les lois ordinaires c'est qu'il n'a plus d'intérêt à prouver leur insuffisance.

Ceci, je le sens, établit une espèce de contradiction : je prévois qu'on va me demander pour quelle raison je penserais que les ministres eussent voulu des lois d'exception s'ils avaient cru que les lois ordinaires fussent suffisantes.

Je répondrai, qu'effectivement ces lois suffisaient au moment où le ministère demandait l'arbitraire ; qu'aujourd'hui même encore, elles peuvent suffire ; mais que dans l'état de choses vers lequel le ministère nous fait marcher à si grands pas, elles ne suffiront plus. Je répondrai que l'heure de lois d'exception n'est point encore venue ; que ces lois demandées avec tant d'instance, au nom de besoins présens, n'ont jamais eu d'autre objet, dans la pensée de leurs auteurs, que des besoins à venir. Qu'enfin ces lois, toujours inutiles et dangereuses pour l'Etat, ne deviendront inutiles pour le ministère que dans les circonstances qui vont naître et qu'il aura surement et volontairement produites.

Ces propositions comportent quelques développemens :

Que le ministère retire son projet de loi subversif de notre système électoral, l'arbitraire lui devient inufilé, et ne lui offre plus que des dangers sans compensation ; qu'il persiste dans sa *funeste proposition*, et l'arbitraire devient le seul moyen qu'il puisse opposer à l'opinion puissante qu'il aura irritée. Il est donc clair que les lois d'exception ne doivent être considérées que comme l'escorte de la nouvelle loi sur les élections.

Dira-t-on , que déjà l'opinion, qui résiste à cette loi, s'est manifestée, que tous les jours encore elle se manifeste avec force; et que pourtant les ministres n'ont point encore usé de l'arbitraire, au moins contre la liberté individuelle ?

A cela je pourrais répondre peut-être que l'arbitraire agit par cela seul qu'il est possible; mais en restreignant son action à des faits matériels, à des arrestations , je dirai que le ministère n'est pas assez maladroit pour montrer tout l'odieux de l'arbitraire lorsqu'il demande une loi qui doit avoir pour résultat nécessaire d'en perpétuer le régime. Qu'en second lieu, bien que le mécontentement soit grand, il ne saurait être comparé à celui que devra produire l'exécution entière des projets ministériels. Le ministère a donc pu jusqu'à présent ne point user de l'arbitraire; il a dû ne point en user. Mais, lorsque de toutes parts les Français redemanderont les garanties qu'on aura détruites, lorsqu'ils auront à défendre leurs intérêts contre une faction qui proclame hautement des principes contraires à ces intérêts , lorsque, enfin, pour tout dire, les *introuvables* de 1815 auront été retrouvés, alors, dis-je, la position sera changée : ce sera envain que les ministres voudront s'abstenir de frapper ; ils y seront forcés.

Je dis *forcés*, parce que je ne crois pas, et parce que raisonnablement personne ne peut croire que la persécution soit leur but. Elle n'est assurément pour eux qu'un moyen, et je dirai même un moyen dont ils n'entendent bien se servir que le moins possible, parce qu'ils en apprécient tous les dangers. Mais bientôt les circonstances doivent devenir telles que ce moyen, qui déjà les effraie, leur deviendra insuffisant.

Ici se présente un enchaînement effrayant de conséquences *forcées*. Lorsque l'arbitraire aura ajouté ses dangers à ceux qu'il devait faire cesser, il faudra appeler de nouvelles rigueurs. Les ministres reculeront peut-être devant cette nécessité, mais la nécessité les contraindra. De nouveau on aura recours au glaive ambulant des cours prévôtales ; mais ce glaive ne saurait frapper des millions d'hommes d'où proviendra la résistance ; le nombre des victimes, quelque grand qu'il puisse être, toujours faible par rapport au nombre de ceux qui ne seront pas atteint, ne fera qu'ajouter aux forces de ceux-ci. Que fera-t-on alors ? Portera-t-on de nouvelles sentences télégraphiques ? Fera-t-on de nouvelles exécutions militaires ; et, par ce moyen, mettra-t-on fin au péril ? Je n'en sais rien : ce que je sais, c'est que les ministres n'ont point voulu de pareilles calamités, mais, ce que je sais aussi, c'est que ces calamités sont dans la nature des choses.

J'en reviens à l'idée principale de ce chapitre : que les ministres et leurs agens ne nous parlent pas de la discrétion avec laquelle ils ont usé des lois d'exception depuis quinze jours qu'elles sont entre leurs mains ; que le public ne juge pas de l'effet de ces lois par ce qu'il en a vu jusqu'à ce moment ; je le répète, leur temps n'est pas encore venu.

CHAPITRE II.

J'entends, depuis si long-temps, traiter de *révolution-naires* les amis de la liberté, que, sans reconnaître précisément le besoin de nous défendre, je suis tenté de m'expliquer sur la signification de ce mot, qui, selon moi, n'a rien d'injurieux, mais auquel, suivant les temps et les circonstances, les hommes de la faction ont fait changer de sens.

Quand nous demandons des institutions en harmonie avec nos besoins, nous sommes des révolutionnaires ; quand, ayant obtenu quèlques droits, nous voulons en jouir, nous sommes des révolutionnaires ; quand on veut nous arracher une liberté chèrement acquise, et que nous la défendons, nous sommes des révolutionnaires ; quand nous voulons conserver, et que nos ennemis veulent détruire, nous sommes encore des révolutionnaires.

J'avoue qu'alors je n'entends plus ma langue, et que mon esprit, prêtant toujours la même idée à l'expression, je ne comprends pas du tout ce que Messieurs les monarchiques me font l'honneur de me dire.

Révolution veut dire, je crois, *changement* ; ce mot en lui-même n'a donc rien qui présente à l'esprit une image de désastres, de crimes et de malheurs.

Révolutionnaire, de même, signifie ami, partisan, moteur, si l'on veut, d'un changement dans la forme d'un état. On peut donc être un fort honnête homme et être un révolutionnaire.

Mon projet est ici d'appliquer, au moment présent, l'explication que je viens de donner.

Quand nous eûmes reçu la charte, la nation n'eut plus d'autres désirs, ne forma plus d'autres vœux que de la conserver d'abord, puis d'en voir découler, comme d'une source vivifiante, toutes les lois qui en sont la conséquence naturelle, et qui nous seraient nécessaires pour l'extension et la conservation des droits et des libertés qui déjà étaient consacrés dans cette constitution. Je ne pense pas que nous fussions alors des révolutionnaires? On l'a dit pourtant, et l'avoir dit ne prouve pas que cela ait été. *Paix et liberté*, répondions-nous.

Aujourd'hui tout a changé de face, la contre-révolution commence, et cette maladie affreuse pour un corps social, surtout au xixᵉ siècle, se présente avec les symptômes les plus effrayans. Dois-je dire ce que j'entends par *contre-révolution* et *contre-révolutionnaire ?*

J'entends par *contre-révolution*, une marche rétrograde dans la carrière politique, qui reporte avec violence un peuple libre dans la situation où il se trouvait avant le *changement*. Un *contre-révolutionnaire* est un partisan des moyens extrêmes employés pour opérer cette contre-révolution ; c'est un agent dont se sert le despotisme pour faire rentrer dans l'avilissement et dans l'esclavage un peuple qui s'était émancipé par un *changement*, et dont l'émancipation avait pourtant été reconnue et consacrée.

La contre-révolution commence, ai-je dit ; je dis plus, elle est consommée ; seulement on n'ose pas encore nous en faire ressentir les effets. Les agens impies de cette contre-révolution, appuyés sur la force factice d'un pouvoir isolé, se trouvent donc en opposition directe avec la volonté *très-formelle* et *très-forte* du peuple français, qui veut, à quelque prix que ce soit, par quelque moyen que ce puisse être, reconquérir tout ce qu'il a perdu, et plus encore, parce qu'avec le temps sont nés de nouveaux besoins,

Or, la dénomination de *révolutionnaire* est-elle justement applicable à la nation ? Je crois qu'oui : un changement dans la marche du gouvernement nous est nécessaire. Le gouvernement rétrograde et veut rétrograder encore, tandis qu'il devrait marcher avec la nation ; s'il y consent de bonne grâce, par conviction, par amour de lui-même et de la patrie, il y aura révolution ; mais une révolution douce, comme tous les patriotes doivent la désirer. Si le gouvernement demeure obstinément dans les voies révolutionnaires, par défiance, par aveuglement, ou par tout autre sentiment, alors il y aura lutte ; mais, comme l'histoire, qui n'est que l'expérience écrite, prouve péremptoirement que les gouvernemens succombent toujours dans ces sortes de combats, la nation restera maîtresse du champ de bataille. Il y aura encore *révolution* ; mais celle-ci sera sanglante et désastreuse, sans doute, pour ses adversaires, sans qu'on puisse toutefois les plaindre, puisqu'ils auront mérité leur sort, en usurpant nos droits, en détruisant nos libertés.

De cette explication, nous devons conclure nécessairement que ce n'est point tel ou tel député, tel ou tel écrivain qu'il faut qualifier de révolutionnaire, mais toute la nation, moins la faction.

Après avoir établi les deux moyens que la nation pourrait employer pour obtenir ce qu'elle veut, je n'ai plus rien à dire. J'ai agi en ennemi généreux. C'est aux contre-révolutionnaires à décider s'ils veulent abandonner une route qui les conduira droit au précipice. Qu'ils rentrent dans le bon chemin, et cette révolution opérée sans combat, sans secousse, sera conforme en tout aux mœurs françaises, et suffira aux besoins du peuple ; s'ils ne le veulent pas.... J'ai dit.

CHAPITRE III.

Lyon le 4 avril 1810.

UNE scène fort remarquable vient de se passer dans le faubourg de la Guillotière. Aujourd'hui que la censure pèse avec une *partialité toute monarchique* sur les feuilles libérales, les journaux de la faction anti-nationale ne manqueront pas sans doute de présenter la rixe qui a eu lieu entre des ouvriers, sous l'aspect le plus faux c'est-à-dire le plus favorable à leur parti. Voici la vérité :

Hier, à 2 heures, plusieurs ouvriers dînaient ensemble et parlaient politique : tous s'affligeaient de notre situation, et de l'instabilité dans la marche du gouvernement, qui anéantit le commerce, arrête les spéculations et laisse les artisans sans ouvrage. L'un d'eux s'écria: C'est *le caporal* qu'il nous faudrait pour arranger tout cela. Non dirent les autres, c'est la Charte qu'ils nous faut et chaque jour on nous arrache la faible portion de liberté qu'elle nous avait accordée. La querelle devenait déjà sérieuse, quand plusieurs *agens,* pour exciter les ouvriers, se mirent à crier *vive l'Empereur !* Ce fut alors que commença le combat. Les deux partis échangèrent des coups de bâtons et se jettèrent des pierres : mais bientôt, s'apercevant qu'il s'était mêlé parmi eux des hommes dont ils avaient droit de se méfier, les partis se réunirent contre ceux-ci et les *agens* furent rossés de la bonne manière au cri de *vive la Nation ! vive la Charte ! vive le Roi !* Ce combat qui s'est passé à l'extrémité du faubourg de la Guillotière, et par conséquent sous mes fenêtres, a duré plus de deux heures. Il y a eu beaucoup de blessés, et l'on assure que l'autorité a à regretter plusieurs hommes dévoués, mis hors de service pour quelques jours

De tout ceci, il résulte deux faits positifs. Le premier, c'est que tous les citoyens veulent la liberté ; et qu'ils ne diffèrent que sur les moyens. Le second, c'est que la race maudite des provocateurs n'est pas éteinte, et que nous devons craindre de voir se renouveler les complots factices de 1815 et les malheurs qui les ont suivis.

CHAPITRE IV.

La pièce suivante ayant été supprimée par la dévote censure, j'ai cru devoir la publier pour l'édification de mes concitoyens.

Extrait d'une lettre de Perpignan du 3 avril.

Dans nos pays méridionaux les *ultrà* marchent tête levée. Le fanatisme religieux prend surtout un développement effrayant. J'aurais voulu pouvoir vous faire parcourir les rues de Perpignan la semaine dernière ; vous auriez cru être transporté aux temps de Charles IX et de Henri III. Figurez-vous une procession nombreuse dans la nuit, à la lueur des flambeaux, de grands étendards noirs représentant des instrumens de supplice, et les flambeaux, les étendards, les crucifixs portés par des hommes vêtus d'une longue robe noire, la tête surmontée d'un bonnet noir extrêmement élevé et qui leur descendait sur le visage et sur les épaules : tout cela avait un air lugubre et donnait l'idée d'une cérémonie de l'inquisition. Ces hommes noirs s'appellent *des Pénitens,* et ils sont pour la plupart animés du fanatisme le plus terrible. En voici un exemple. Un jeune homme de mes amis, avocat, voyait passer cette procession ; il attendait, pour ôter son chapeau, qu'il passât devant lui une de ces images consacrées qu'on présente à l'adoration des fidèles, lorsqu'un des pénitens lui crie d'un ton impératif et insolent : *ôte ton chapeau*. Il ne se rend pas à une invitation faite de la sorte ; alors on l'environne, on l'injurie, et sans l'autorité il aurait pu être victime de sa témérité. Le malheur veut que quelques-uns de nos fonctionnaires partagent ce fanatisme religieux ; l'un d'eux a fait venir le jeune avocat ; après lui avoir adressé de vifs reproches, il lui a dit qu'il le ferait surveiller de près ; et parce que le jeune homme impatienté lui a dit que n'ayant rien à se reprocher cela lui était égal, le magistrat l'a fait arrêter et jeter dans un lieu de détention destiné à renfermer des vagabonds et des gens sans aveu. Il y est resté assez long-temps, bien que la nouvelle loi sur la liberté individuelle ne fût point encore promulguée. La famille du jeune avocat et le conseil de discipline vont poursuivre le fonctionnaire coupable... ils vont du moins en demander l'autorisation au conseil d'état.

CHAPITRE IV.

Le *Drapeau blanc* assure que l'arrestation de M. Marchand a produit en Alsace un excellent effet, et a donné la meilleure impulsion à l'opinion publique. Je pense comme le *Drapeau blanc*, et les détails suivans prouveront à mes lecteurs qu'il ne s'est pas trompé.

Strasbourg, le 10 avril 1819.

Les n°s 33 et 34 du *Patriote alsacien* ont été saisis par ordre du procureur général de la cour royale de Colmar, M. Millet de Chevert. Le rédacteur, M. Marchand, a été arrêté après le premier interrogatoire, par les ordres de M. Dumoulin, délégué pour faire les fonctions de juge d'instruction, et qui a cru devoir aller saisir lui-même les numéros, ce qui se fait ordinairement par un commissaire de police.

La cour royale de Colmar, toutes les chambres assemblées, a décidé, à la majorité d'une seule voix, la poursuite de ces deux numéros.

Il paraît qu'ils avaient été envoyés à Paris pour savoir quelle conduite on devait tenir; mais on était tellement *pressé de jouir* que l'on n'a pas attendu la réponse.

On espère que M. Marchand obtiendra sa mise en liberté sous caution, pour être jugé aux assises du mois de juin.

La foule s'est portée au bureau du journal au moment où le rédacteur en a annoncé la discontinuation. Les dix derniers numéros sont épuisés, et bien des personnes achètent les premiers, afin de conserver un souvenir du *Patriote alsacien.* Il est difficile de se faire une idée de la sensation que l'arrestation de M. Marchand a produite en Alsace. On n'a pas oublié que ce jeune homme a vu périr son frère, à la suite d'une maladie contractée en prison, sous l'influence active de MM. les *introuvables.* On sait combien de pétitions touchantes M. Marchand a adressé, en faveur de son frère, à une certaine excellence, éclipsée pour un temps, et qui nous menace de reparaître sur l'horison. On se rappelle que ces pétitions sont restées sans réponse; et la crainte de voir revenir l'heureux temps où l'on accueillait si humainement les supplications des détenus malades, ajoute encore à l'intérêt qu'inspire tout défenseur de la liberté à ceux qui veulent être libres.

Le premier jour de l'arrestation de M. Marchand, une foule de citoyens, accompagnés de musiciens , sont venus le soir, dans des barques, donner une sérénade au prisonnier, au pied de la tour qui sert de maison d'arrêt. Les personnes les plus considérables sont allées le voir dans sa prison. Enfin, nous ne montrons pas moins de patriotisme en cette circonstance que les citoyens de Rennes, lors de la détention de l'estimable M. Dunoyer, à la Tour-le-Bat.

CHAPITRE V.

Si, par hasard, ce qui ne serait pas absolument impossible, quelques uns de MM. les censeurs avaient cru pouvoir concilier l'exercice de leurs fonctions avec la faveur du public, ils doivent être désabusés, depuis la scène qui s'est passée au collège du Plessis. L'accueil si différent que l'on a fait à deux professeurs également distingués par leurs talens, dont l'un a refusé la place de censeur que l'autre a acceptée , ne laisse aucun doute sur l'idée qu'on attache généralement à cette espèce d'emploi: voici le fait tel que me l'a raconté un témoin oculaire..

Avant-hier une foule de jeunes gens, parmi lesquels on remarquait des personnes d'un âge mûr, s'étaient rendus au collège du Plessis pour assister au cours de M. Raoul-Rochette, dont le nom figure sur la liste des douze censeurs. En entrant dans la salle il a dû être surpris de se voir accueillir par des murmures et des huées qui n'étaient pas équivoques. L'honorable M. Raoul a eu la douleur d'entendre plusieurs voix s'écrier tout haut : *A bas la censure et les censeurs!*

On va jusqu'à dire qu'un bâillon parti du fond de la salle est venu tomber sur la table du professeur, qui a tenté vainement à plusieurs reprises de faire entendre sa voix couverte par le bruit et les sifflets. Etant parvenu , cependant, à obtenir un moment d'audience : Messieurs, a dit l'honorable professeur, j'ai lieu d'être surpris de ce qui se passe sous mes yeux; je ne sais comment j'aurais pu encourir le blâme du public ; jamais je n'ai attaqué dans mes leçons la *liberté des opinions*. — Ce n'est point au professeur que les murmures s'adressent, c'est au censeur. —Messieurs ,a repris M. Raoul, je ne crois pas devoir vous rendre compte des motifs qui m'ont déterminé à déférer à la confiance du gouvernement; tout ce que je puis vous promettre, c'est qu'avant peu de jours , le censeur ou le professeur aura donné sa démission. Cette promesse ayant été favorablement interprétée, le calme s'est rétabli sur-le-champ , et la leçon a été écoutée avec la décence et l'attention que mérite tout professeur.

Quelque temps après M. Lacretelle, son collégue, est entré pour faire son cours, et les plus vifs applaudissemens ont éclaté avec transport au commencement et à la fin de sa leçon. Cet estimable professeur a pu s'apercevoir combien le public lui savait gré de la conduite noble et désintéressée qu'il a tenue. On sait qu'il a refusé la place de censeur.

Le public, apaisé tout-à-coup par la promesse de M. Raoul-Rochette, a montré assez clairement qu'il ne croyait pas le cumul de certaines fonctions compatible avec les convenances. Le *Journal de Paris* nous assure que M. Raoul-Rochette est déterminé à demeurer censeur. Soit : alors nous serons donc privés de ses leçons au Plessis, si toutefois il tient l'engagement qu'on lui *impute*. Mais je crois que le *Journal de Paris* est dans l'erreur.

Imprimerie de P.-F. DUPONT , hôtel des Fermes.